www.tredition.de

AF202333

Markus Stöger

IT die ganze Wahrheit

www.tredition.de

© 2016 Markus Stöger

Verlag: tredition GmbH, Hamburg

ISBN
Paperback: 978-3-7345-5140-6
Hardcover: 978-3-7345-5141-3
e-Book: 978-3-7345-5142-0

Printed in Germany

Vorwort...

...liebe Leserin, lieber Leser

nach über 18 Jahren in der IT wurde es langsam Zeit, das Erlebte und auch die Eindrücke der vergangenen Jahre auf Papier zu bringen.

In diesem Buch möchte ich das Leben eines IT Mitarbeiters beschreiben, das eine oder andere wird dem geschätzten Leser bekannt vorkommen, teils sind es lustige Anekdoten, teils Entwicklungen, die zum Nachdenken anregen.

Der Beginn...

...warum geht man in die IT? Für den normalen „User" sind die IT Mitarbeiter meist die blassen Typen, die selten das Tageslicht sehen, in vielleicht etwas merkwürdigen Kleidungsstil, der vor seinem PC sitzt, zig Programmfenster öffnet und leise vor sich grummelt.

Und auf Fragen gerne mit „wurde der PC schon neugestartet oder jetzt sollte es gehen" antwortet.
Eine für den User verständliche Antwort hat er meistens nicht...

Aber warum habe ich mich entschlossen in die Welt der Bits und Bytes einzusteigen?

Für mich war der ausschlaggebende Grund der Thorn, der Film weckte in den damals 8 jährigen Jungen den Wunsch, etwas mit Computer machen zu wollen.

Es musste viel Zeit vergehen bis ich den Wunsch leben konnte und es war auch ein oft steiniger Weg.

Als Kind bzw. Jugendlicher wurde alles zerlegt und wieder zusammengebaut was auch nur ansatzweise etwas mit einem Computer gleich hatte, oft standen halb offene Computer in meinem Zimmer, oder später in meiner Wohnung.

Nicht immer zur Freude meiner Frau Mama oder der einen oder anderen Freundin, aber was für den einen Fischen gehen ist, war für mich damals das „basteln" am PC. Es war
der Versuch abzuschalten, wobei es funktioniert nie so wie man das plant, also ist der Entspannungsfaktor gleich Null. Aber dafür muss man älter werden um das Einzusehen.

Aber nun mal zu den unterhaltsamen Punkten dieses Buches, das nächste Kapitel repräsentiert, das Best of Momente meiner Karriere…

Wirklich passiert…

…in so einer langen Zeit in einer Branche erlebt man schon das eine oder das Andere.
Und ich möchte hier niemanden bloßstellen sondern einfach die Zeit

Review passieren lassen.

Meinen ersten Job hatte ich als Telefon Support Mitarbeiter eines großen Internet Providers in Wien.
Um Punkt 7:00 Uhr wurden die Telefon online geschalten, und wenn sie nun denken um diese Zeit ruft doch keiner an, liegen sie damit falsch.

Die Leitungen gingen regelmäßig über, auch ich war am Anfang überrascht, dass man umso eine Uhrzeit so dringend sein Internet benötigt. Wir reden von einer Zeit, wo es keine Smartphones oder Tablets gab, sondern nur Stand PCs oder im besten Falle Notebooks.

Wie sie sich vorstellen können, sind Personen die bei einer Hotline anrufen meist nicht etwas außer sich, Ausnahme sind Hotline Nummern die etwas mehr kosten und die Damen mehr Stöhnen als Reden.

Am besten fand ich die Anrufer, die wütend waren und sofort ihren Unwillen Luft gemacht haben und es sich herausgestellt hat, das der Grund des nicht funktionieren ihres Internet daran lag, dass sie seit Monaten nicht mehr bezahlt haben und es aus diesem Grund abgeschaltet wurde.

Doch statt dann in Peinlichkeit in den Boden versinken zu wollen, hörte man dann immer von den Personen „das ist mir ja egal ich will mein Internet jetzt" Das war der Zeitpunkt wo ich gerne in die Verrechnung verbunden habe.

Bei diesem ersten Brötchengeber habe ich zum ersten Mal mit gelernt das die Vorgaben eines Konzerns nie mit der Realität kombinierbar sind.

So durfte ein Telefonat nicht länger als 5 Minuten dauern, das war de-facto nicht möglich, in 5 Minuten war man froh, wenn man den Namen und vielleicht das Problem eingrenzen konnte, den das sch… Internet geht nicht kann viele Gründe haben.

Und die Fragen des Callcenter Mitarbeiter stellte viele vor große Probleme wie „welches Betriebssystem haben Sie" oder „welchen Browser verwenden Sie zum Surfen?"

Oft hörte man „Na des klumpat von eich" Die Aussage war bald nicht mehr neu, aber trotzdem stellt kein Provider das Betriebssystem oder den Browser zur Verfügung, das machen meist so kleine Firmen wie Microsoft, Apple oder Google.

Hat man dann endlich alle Punkte gesammelt gehabt die man benötigt um den Fehler zu suchen waren die 5 Minuten mehrmals überschritten gewesen. Und der Supportleiter funkelte einen schon böse an.

Aber auch die „Sozialleistungen" waren erstaunlich. Die Helpdesk Agent's saßen zu acht in einer Reihe, der Raum hatte einige dieser Reihen. Am Ende jeder Reihe lagen 2 Zettel.

Zettel Nummer 1 war für die Rauch oder Essenspause, Zettel Nummer 2 für die Klo Pause, ein Zettel für acht Personen, das kann ganz schön knapp werden....

...ich hatte das Glück, das ich nach einem dreiviertel Jahr Telefonseelsorge für vereinsamte Internetnutzer eine Stelle bei einem kleinen IT Dienstleister bekam...

...und dort nahm dann der Wahnsinn seinen Lauf.

Mein Tätigkeitsfeld wuchs sprunghaft von Telefonsupport Mitarbeiter zu einem Vorort IT Mitarbeiter.
Und genau dort traf ich auf eine mir noch immer sehr suspekte Gattung Mensch und zwar den „Verkäufer"!
Ich möchte niemanden zu nahe treten, aber der durchschnittliche IT Verkäufer, erscheint meist gestylt, Alter abhängig, ob jung und dynamisch oder doch eher etwas konservativ. Trägt gern eine große

Uhr und hat seinen Laptop oder sein Tablet immer griffbereit.

Ihr Auftreten ist eine Mischung aus kompetentem Wissen, einstudierten Phrasen und heißer Luft. Letztere macht dann den Unterschied ob ein Verkäufer aus technischer Sicht gut ist. Umso weniger Geschwafel umso besser.

Sollten Sie mal zu dem Genuss einer „Tupperware Party" für Männer zu kommen, und der Verkäufer hat einen Techniker mitgenommen, dann werfen Sie doch mal einen Blick auf diesen, wenn sein Verkäufer sein Thema runter predigt.
Oft sieht man an dem Gesichtsausdruck des Technikers, was er von den Aussagen hält.

Aber auch ich hatte das eine und das andere Mal ein lustiges Erlebnis, dankeines Vertriebsmitarbeiters.

Und das witzigste möchte ich hier kund-
tun.
Es war Winter, die seltenen Winter, wo
es Schnee in Wien gab.
Und ich hatte einen kurzfristigen Termin
von meinem Verkäufer erhalten,

dass ich bitte in der Früh zu einem Kunden in den 19. Wiener Gemeinde Bezirk
fahren möge und einen Router aufbauen
solle und das vorhandene Netzwerk auf
diesen schalten soll.

Ein Router ist ein Gerät das viele PCs an
das Internet bringt, so die kurze Erklä-
rung dieser Punkt wird noch sehr wichtig werden.

Kurz um ich fuhr früh morgens durch
das verschneite Wien, eigentlich rutschte
und stand ich mehr, denn für alle die
nicht in Wien leben, wenn auch nur eine
Schneeflocke die Wiener Straßen küsst
steht der komplette Verkehr.

Der Kunde hatte ein kleines Büro in der
Villen Gegend des Bezirkes, diese liegen

etwas höher damit, dass gut Betuchte Klientel eine schöne Aussicht hat.

Schön im Sommer, suboptimal im Winter, wenn keiner den Weg räumt oder streut. Mein kleiner Skoda Fabia mit seinen fast übermenschlichen 60 PS kämpfte sich die Steigung rauf. Ich schlitterte in eine Parklücke, und stieg zur Sicherheit gleich in eine Schneewechte.

Etwas nass und unterkühlt und mit ganz viel guter Laune, traf ich beim Kunden an. Der Firmeninhaber öffnete mir persönlich die Türe, und war wenig begeistert, dass ich ihm
die weiße Winterpracht in seine Räumlichkeiten brachte.

Nach einem kurzen Small Talk wollte ich schlussendlich wissen, wo denn die Arbeitszimmer wären und wo sein Internet-Anschluss wäre.

Bei dem Wort Internet- Anschluss sah er

mich zwar etwas seltsam an, aber in diesem Moment ahnte ich noch nicht, warum.

Man führte mich in einem Großraum, dieses war vermutlich mal ein altes Wohnzimmer, da ja die Firma in einer alten Villa untergebracht war.

Der Echt Holzparkett knarrte bei jedem Schritt und ich hoffte das meine nassen Schuhe ihm nicht zu sehr beleidigten.

Ich sah mich kurz um und fragte nochmals höflich, wo nun der Internet -Anschluss sei an dem ich den Router anhängen könnte.

Der Kunde sah mich verdattert an und nuschelte „der Hr. XY meinte, das Internet nehmen sie mit!"

Auf diese Ansage sah ich den Kunden verdattert an, und erkundigte mich, ob er bis jetzt kein Internet hätte. Wie erwartet verneinte er das, den ich hätte ja das Internet mit.

Ich hatte natürlich kein Internet im Auto, auch nicht mal kleine Mengen davon.

Mir blieb nichts anderes über, als den mittlerweile schlecht gelaunten Kunden zu erklären, dass ich nicht von einem Provider komme und kein Internet mit habe.

Und das ist Grundbedingung, damit ich meine Arbeit machen könne.

Also rief ich im Büro an, verlangte meinen Verkäufer des Vertrauens und schilderte ihn die Sachlage.

Die Aussage von aso das war mir nicht klar war der Moment wo ich mein Mobiltelefon den Kunden in die Hand drückte und genüsslich mitverfolgte wie dieser ihm zur Sau machte.

Gemein ich weiß aber für einmal Schneefahren in Wien für nichts, war es eine Genugtuung.

die vielen Jahren in der Branche brachten auch immer wieder neue Brötchengeber. Teils kleine IT Buden bis hin zu großen international tätigen Unternehmen.

Was nun besser sei kann ich nicht beantworten, da beide Licht und Schatten haben.
Kleine Firmen sind meist flexibler, dafür chaotischer, oft wird das Rad mehrfach im Monat neu erfunden.

Was nicht nur die Produktivität leiden lässt, sondern auch
die Freunde der Mitarbeiter an der Arbeit.

Ein paar sinnvolle Prozesse sind schon nett, wie zum Beispiel wer ist für Kaffee und Milch zuständig, oder warum ist das Toilettenpapier alle und jedem ist es egal bis auf dem der es gerade benötigt.

Aber natürlich auch im Business wären lebhafte Prozesse ein Gewinn. Wie zum

Beispiel eine kurze Dokumentation der Kundenlandschaften.

Den der IT-ler möchte auch mal in Urlaub gehen und wenn dann sein Kollege, der keinen Kaffee trinken konnte, da keiner Bohnen gekauft hat und zu spät merkte, dass das Klopapier mit dem Kaffee noch im Supermarkt abhängt, dann noch einen Anruf eines Kunden bekommt.

Der sonst vom geschätzten Kollegen betreut wird, und über diesen außer dem Firmen Namen nichts weiß.

Steht dieser IT-ler kurz vor dem Amoklauf, er wird dann nach dem er alle nicht sortierten Ordner am Fileserver abgeklappert hat und seine genauso ratlosen Kollegen gefragt hat, die außer ein Schulterzucken und ein süffisantes Lächeln nichts Produktives zusteuern konnten, und er dann die Aussage hört „warum hast du denn abgehoben" hört.

Seinen Kollegen im Urlaub anrufen….das der Kunde dazwischen schon 10-mal angerufen hat muss ich nicht erwähnen oder doch?

Wenn das der relaxte Kollege dann die Güte hat abzuheben mit dem Worten „bei mir scheint die Sonnte am Strand" und man seine Mordgedanken verdrängt hat, kann

man den Relaxten erklären, was nun Sache ist.

Und auf seine Weisheit hoffen… …mit dieser ist meist nicht weit her, aber man freut sich dann über Brotkrümel wie „in meiner Lade ist mein Block da steht alles". „sehen uns nächste Woche"

Wenn man dann das Glück für diesen Tag gepachtet hat ist der Schreibtisch nicht verschlossen. Und dann findet man den Block, den Heiligengral den man seit 2 Stunden gesucht hat...

...der Kunde hat mittlerweile 20-mal angerufen und man hat das BackOffice bestochen, dass sie ihm nicht mehr durchstellen.
Man öffnet das Buch und??!!?!
Denkt sich wer soll die Schmiererei lesen? und bin ich Apotheker?

Man kämpft sich durch findet den Kunden und da steht dann. IP Adresse: 192.168.20.x Passwort wie immer Kunde freundlich, Assistentin ist sehr scharf.

Spontan möchte man sich ein Flugticket kaufen und ihm würgen. Man sieht also Dokumentation ist wichtig...

...das der Kunde noch immer anruft muss ich nicht erwähnen oder...?

Aber auch große Firmen haben ihre Schattenseiten und ihr Schattenmanagement…

…das Mittlere Management.

Führungskräfte die meist keine Qualifikationen haben, außer dass sie lang dabei sind oder wem kennen, der lange dabei ist.

Es gibt natürlich auch Teamleiter die extra geholt werden, um zu leiten oder so. Es gibt natürlich Ausnahmen, die wirklich ihr Teamleiten und nicht nur Projekte oder Befindlichkeiten 1 zu 1 an ihr Team weitergeben und nach oben buckeln und nach unten treten.

Aber leider sind diese eine Ausnahme, ein NEIN würde oft vieles leichter machen.

Auch Meetings, die gern von „Managern" der mittleren Entscheidungsstelle eingeläutet werden, enden in einem Bla

Bla und Selbstdarstellung, frei nach dem Motto „ich gebe euch eine Daseinsberechtigung".

Meine Damen und Herren Teamleiter sehen sie ihren Job mehr als Trainer.

Der das Beste aus seinem Team holt, der seine Schlüsselspieler hat, die mit Verantwortung umgehen können und wollen. Und haben sie auch mal die „Eier" ein Nein an das höhere Management mitzuteilen.

Man könnte, somit vieles im Keim ersticken was in vielen Teams brodelt, schlechte Stimmung ist wie ein Virus, der alle anfällt.

Kollegen schaffen es oft prächtig andere Kollegen mental runter zu ziehen, was sich dann immer in der Arbeit wiederspiegelt.

Teamleitung heißt Verantwortung haben und nicht nur 150 € brutto mehr zu verdienen, wenn vom Team verlangt wird offen und ehrlich zu sein, dann muss man auch mit Kritik umgehen können und nicht wie ein kleines Mädchen schmollen.

Sonst haben Mitarbeitergespräche keinen Sinn, auch Klausuren die vielleicht lieb gemeint sind, werden meist als ein Muss ohne Sinnhaftigkeit aufgefasst.

Kein erwachsener Mensch hat große Lust auf Rollenspiele, um das Team zu stärken.

Auch spielt der Zeitfaktor oft eine Rolle, die Kollegen wollen lieber daheim bei Frau und Kind sein, oder der IT-ler bei PC und Konsole.

Oft ist weniger mehr, wie Pizza bestellen, sich in der Abteilung zusammensetzen und in diesem Rahmen offen reden.

Liebe Teamleiter/innen sie können sich noch so gut verkaufen, sie werden immer

nur so gut sein, wie ihr Team es mitträgt…

Neu Technologie Segen oder Fluch?

Hat uns das IT Zeitalter produktiver gemacht?

Wird uns das Cloud Zeitalter noch produktiver machen oder noch mehr abhängig von Produkten und Unternehmen, die dahinter stehen?

Ich finde das sind beides gute Fragen und man sollte sie neutral beleuchten und nicht nur das Positive oder das Negative hinaus picken.

Ich werde hier keine Grundsatzdiskussion starten, die alles für gut heißen werden, es dies immer tun und umgekehrt genauso.

Ich möchte meine Meinung dazu hier skizzieren und vielleicht einen Unschlüssigen einen Denkanstoß damit geben.

Beginnen wir mal mit dem was wir alle kennen der IT...

...E-Mail, Internet, Office Software, Drucker usw. verwendet vermutlich jeder in seinem Leben. Vielleicht nicht immer beruflich, aber man kennt es, aber liebt man es auch?

Ich stamme noch aus einer Zeit, in der wenn ich meine Frau Mama im Büro besucht habe

sie an der Schreibmaschine saß und Briefe tippten. Post Ein- und Ausgang wurden auf einen kariertem A4 Block mit rotem Stempel festgehalten.

Mitschriften wurden meist auch auf einem Notizblock aufgezeichnet und wenn man es nicht wegwarf war es archiviert und gesichert.

Das technische Wunderding im Büro war ein Fax, es war laut, unheimlich langsam und man hatte immer die 50:50 Chance, dass das Fax nicht ankam.

Aber das Business lief und nicht mal schlecht. Es wurde nur so viel Papier benötigt wie man wirklich benötigte, da nur das geschrieben wurde was wichtig war.

Ordner fand man im Kasten und das ganz ohne Projektmanagement, Tools oder ERP Software oder Ähnlichen.

Den einzigen Systemabsturz den man kannte war das das Schreibband in der Schreibmaschine leer war.

Wie sieht das Ganze im Jahr 2016 aus? Und auch wenn ich nun etwas gegen meine Branche rede, aber ist es nun besser?

Es wird jeder geistige Dünnschiss gemailt, und da zähle ich winke Katzen und 3 klassische Joke Mails gar nicht mit. Es wird jede Kleinigkeit ausgedruckt, um oft direkt vom Drucker in dem Papiereimer zu wandern, da doch unwichtig.

Es werden Subordner im Subordner vom Subordner angelegt, damit kein Mensch etwas in einer vernünftigen Zeit findet. Es wird dann wenn der Wildwuchs so groß wurde Software Systeme gekauft die uns helfen sollte unsere Dokumente wieder zu finden und das ganze Tun und Handeln in Prozesse zu verpacken die keiner leben will oder kann.

Es wird viel Geld in Systeme gesteckt, damit man Emails verschicken kann, man hat sich der Lizenzpolitik von Großherstellern unterworfen und muss für seine geliebten Office Programme tief in die Tasche greifen. Und das ganze sollte auch noch gesichert werden, denn wenn es crashed dann ist alles weg.

Dazu kommt dann noch der Eindruck jedes User das es nicht richtig funktioniert und so extrem langsam ist zu mindestens langsamer als daheim.

Also fassen wir mal kurz zusammen:

Büro alt:

1x Schreibmaschine

1x Fax

1x Telefon

1-2 Blocks

Schreibmaterial & Ringordner

Büro neu:

1x PC

1x Drucker

1x Server & Sicherung (hoffentlich)

1x Internet

1x Software Paket

1x Netzwerk

1x Telefon

1x IT Techniker

1x Ringordner denn obwohl digitalisiert drucken wir jeden Schmarren aus und heben den auf.

Welches Modell sieht günstiger aus?

Ich denke nicht dass die Menschheit produktiver arbeitet mit der Technik von heute. Eher hat man das Gefühl das man sich verlaufen hat, und sich mit künstlichen Prozessen und mit Hilfe von ISO, ITL, GAMP Zertifikation ordnen muss. Oft wird es durch die positiven Errungenschaften der Technik nicht ausgeschöpft.

Und wir verplempern unsere Zeit mit Sinnlosem und Kleinigkeiten.

Gut nun gibt es ja die Cloud Lösungen die vieles günstiger für den Kunden abbilden können. Ist es wirklich günstiger bzw. verkauft der Kunde seine Seele mit diesem Schritt?

Die Vorteile liegen auf der Hand, man kann sich seine Server mit seinen für sein Unternehmen benötigten Applikationen in der Cloud betreiben. Benötigt keine großen Rechenzentren mehr, die teuer gekühlt werden müssen, die Stromrechnung sinkt.

Und sogar die nervige Backupfrage kann wenn der Anbieter in seinem Portfolio anbietet ausgelagert werden.
So gesehen eine klasse Geschichte.
Viel IT um vielleicht weniger Geld mit weniger Aufwand, wenn man das in einem schönen Torten Diagramm verpackt lässt das das Herz des Managements höher schlagen.

Den Dropbox, Google Cloud und Co kennen auch diese Männer und Frauen im Anzug.
Die gerne ihre Fotos mit dieser tollen Errungenschaft der Menschheit mit sich herumführen.

Doch wo Licht ist, ist auch Schatten und dieser Umstand ist auch bei der Cloud Anbindung.

Was gern übersehen wird oder auch in den Mantel des Schweigens gehüllt wird sind einige Punkte. Die ich hier einmal kurz aufzeigen möchte.

Den Punkt Datensicherheit und wer kann meine Daten in der Cloud lesen möchte ich gar nicht durchkauen. Da dieser Punkt sowieso durch die Medien geistert.

Ob dieses „Problem" mit Europäischen Rechenzentren gelöst werden kann möchte ich hier im Raum stehen lassen und nicht thematisieren.

Da es ganz andere Aspekte gibt die übersehen oder nicht bedacht werden.

Wie sieht das Thema Backup wirklich aus? Im Firmen Netzwerk kann man sich Generationen seinen Daten auf Fileserver archivieren und wie seit vielen Jahren gelebt auf Band auslagern, ob man diese dann wenn es nötig wäre noch lesen kann bezweifle ich zwar. Den Tape Roboter getauscht und Backup Softwaren upgedatet werden.

Das Cloud Backup klingt dazu doch sehr verlockend, alles ist in der Cloud kein Backup Szenarium sich überlegen, keine Software Kosten und Tapes kaufen. Aber wie lange sind die Backups online? Viele Firmen benötigen ihre Daten nach Jahren wieder und oft dann kommt man darauf „ups" das Excel Sheet ist korrupt.

Die meisten Cloud Lösungen bieten aber nur 1 Woche bis einem Monat an, danach wird das Backup gelöscht. Was auch logisch ist wohin sollen die vielen Backups kopiert werden?

Es gibt natürlich Cloud Anbieter für Archivierung aber diese kosten dann wieder Geld. Und es kann leicht passieren das man den Überblick verliert wo liegen nun welche Daten bzw. gibt es Behörden die das gern hinterfragen.

Diese Fragen dann zu beantworten könnte die eine oder andere Schweißperle den Verantwortlichen auf die Stirn einbringen.

Ein anderer Punkt wäre was passiert mit meinen Daten wenn das Cloud Unternehmen aufgekauft wird. Gelten dann die gleichen Bedingungen oder nicht?

Oder im schlimmsten Fall das Cloud Unternehmen schlittert in einem Konkurs wie kommen Sie dann wieder zu ihren Daten?

Im schlimmsten Fall bekommen Sie das gar nicht mit, Finanz kommt und dreht die Systeme ab und dann?

Wer ist für so einen Fall gerüstet? Denke niemand und keiner möchte sich diesen Schuh anziehen im Ernstfall. Sie könnten auf einen Schwung ihre Infrastruktur verlieren.

Viele denken auch dass ihre virtuellen Systeme allein auf der Festplatte des Hosters liegen.

Eine ganze Platte nur für Sie und Ihren Daten und Systemen. Das stimmt aber nicht so, sie teilen sich den Platten Platz mit anderen Kunden, die vielleicht nicht so legal arbeiten wie Sie.

Und die Disken werden beschlagnahmt, gut ihrer Cloud Umgebung wird das hoffentlich nicht jucken, da der Hoster Ausfallsicherheit gewährleistet.

Aber Ihre Daten liegen dann auch irgendwo auf einer Behörde oder einer ähnlichen Stelle.

Möchten Sie das?

Und nun natürlich in eigener Sache, zuerst freuen sich Admins das sie weniger Arbeit haben mit Server einbauen, USV testen und den ganzen Schnick Schnack.

Es wird ihnen bald bewusst, dass es etwas langweilig werden könnte sich nun von einer Online Plattform zur nächsten zu hanteln, auf denen sie nicht wirklich viel machen dürfen oder können.

Zum Schluss dieses Kapitels, wenn sie sich entschlossen haben Ihr Unternehmen in die Cloud zuführen, die wirklich gute Ansätze hat.

Dann spendieren Sie bitte der IT eine 2. Internetleitung,

nichts ist ärgerlicher als Daten und Systeme in der Cloud und das Internet geht nicht.

Admin vs. User

Langsam neigt sich dieses Buch zu Ende.
Aber ein sehr eigenes Kapitel wurde
noch gar nicht besprochen.
Und zwar das Verhältnis User und IT
Team.
Immer wieder hört man, dass man bei
denen nicht gerne anruft.
Weil man das Gefühl nicht loswird, dass
man nicht ernst genommen wird.

Oft prallen einfach nur die Welten aufei-
nander, der User der sehr Emotional sein
Problem sieht, und der Pragmatische IT
Mitarbeiter der versucht, dieses Problem
Sachlich und Logisch zu lösen.
Oft ist aber so, dass der User nicht ver-
stehen will oder kann, dass sein Gegen-
über keine Kristallkugel hat.
Und das man oft Zeit benötigt um das
Anliegen lösen zu können.

Aber auch ab und dann mehr Informationen wären sicher Hilfreich, ein Anruf mit der Mitteilung „das geht nicht" ist etwas wenig.

Sie würden Ihr Auto auch nicht zum Mechaniker stellen mit der Aussage „irgendwie geht er nicht" ohne das Problem auch nur halbwegs einzugrenzen oder?

Da hätte man vermutlich auch etwas Angst vor der Rechnung wenn der Mechaniker das geliebte KFZ komplett in seine Einzelteile zerlegt.

Es gibt aber auch Fälle, wo es von der Entfernung etwas schwer ist zu Helfen. Klassisch wäre „ich sitze am Flughafen und mein WLAN geht nicht" oder „ich bin im Hotel in XY und das VPN geht nicht".

Wenn die Destination stimmen würde, wäre sicher in der IT Abteilung bereit einen Flieger zu besteigen und Vorort erste Hilfe zu leisten.

Mir ist leider noch nie geglückt meinen IT-Leiter   davon überzeugen, dass ich nun sofort nach L.A. muss um ein Problem zu lösen.

Sehr unflexibel ich weiß…

Fast Herzig finde ich es aber wenn der User mir schwört er hätte nichts gemacht, dass war auf einmal so.

Das erklärte mir auch mal eine nette Dame aus der HR als ich zu ihr kam und ihr Drucker war komplett zerlegt. Gut es wurde das eine oder andere Plastik Teil abgebrochen bei den Umbauarbeiten.

Aber das Innenleben des Druckers war auf ihren Platz verteilt.
Ich war sichtlich überrascht dieses

Schlachtfeld zu sehen, dass sie meinte „Hr. Stöger ich wollte nur einen neuen Toner hineingeben und dann war das so".

Ja eh man liest immer das sich diese Bösen elektronischen Gerät förmlich Automatisieren wenn man nicht lieb zu ihnen.

Doch nun schlägt die Userin Gnaden los zu.
„Den Drucker bekommen sie schon wieder hin oder? ich benötige den heute nämlich für einen wichtigen Ausdruck für das Management.

Sicher doch ich habe die Heilenden Hände die muss ich nur auf den ausschlachtenden Drucker legen und schon läuft er wieder. Es ist sehr schmeichelnd was geglaubt wird was wir nicht alles können,
aber fast schon Biblische Wunder können wir nicht vollbringen.

Spannend ist es aber auch wenn der User etwas tut was nicht erlaubt oder nicht gern gesehen wird, wie zum Beispiel nicht Jungendfreie Filme ansehen.

Ist es ein „normaler User" würde man zu ihm gehen, und erklären, dass das nicht geht. Zusehen wie er rot anläuft und Diabolisch Grinsend in die IT Abteilung zurück wandern.

Aber was machen Sie wenn dieser User ein Ranghoher Manager ist und seine Pornosammlung den Fileserver regelmäßig lahm legt.

Der Prozess dafür sieht in etwa so aus…

…der Aufmerksame IT Mitarbeiter bekommt rasch mit das der Platten Platz am Server eng wird.
Sucht den Grund, und findet ihm, besser gesagt die Sammlung.

Dann wird in die Abteilung gebrüllt das der XY schon wieder am Porno saugen und ansehen ist und der Fileserver in 10min offline geht.

Auf diese Aussage versammelt sich die komplette Mannschaft am Tisch des Mitarbeiters der diese wichtige Aussage getätigt hat.

Es dauert nicht lange, bis jemand die Frage in den Raum wirft, was das für Pornos wären.
Und noch kürzer ist die Reaktion darauf, dass ein File angeklickt wird.

Und die ganze Abteilung entsetzt ist was es für abartige Japanische Pornos es gäbe.
Wenn diese wichtige Frage nun beantwortet ist, stellt sich die Hauptfrage...

...wer geht zum User und sagt ihm dass es so
nicht weiter geht.

Das ist der Augenblick wo alle den IT-Leiter ansehen. Da er das quasi in Augenhöhe machen kann.

Diesen wird dann aber spontan bewusst, dass er in 5 Minuten ein Meeting hat.

Und am besten wäre doch,
es würde der bereden der es aufgedeckt hat.

Und verschwindet schon fast mit Lichtgeschwindigkeit aus dem Raum.

Es liegt auf der Hand, dass meine Person damals der auserwählte war und die Arschkarte gezogen hat.

Von den Kollegen war nur wenig sinnvoller Input in diesem Moment gekommen, außer Aussagen „na viel Spaß" und „schön dass wir zusammen gearbeitet haben".

Ich ging kurz in mich, krallte mir eine USB Festplatte und fuhr damit in den 6. Stock. Gut erzogen wie ich bin klopfte ich an, es könnte aber Selbstschutz gewesen sein man hätte sonst was gesehen was man nicht sehen will.

Man wartet das „Ja bitte" ab, schon allein als Schutz für die Netzhaut, man will ja nicht dass sich die Bilder für immer einbrennen.

Davon ausgehend, dass sein Gegenüber keinen Plan hat wer man ist. Klärt man ihn auf das man aus der IT kommt.

Sichtbar überrascht steckt man mir die Hand zum Schütteln hin.
So nun weiß man aber was diese Hand noch vor kurzem geschüttelt hat und man muss nun diese Situation umschiffen. Am besten mit einem Geschenk, die mitgebracht USB Festplatte. Dieses Geschenk muss nun gut verpackt werden mit Argumenten, aber das Thema Film wollte ich nicht ansprechen.

Und da der Geistesblitz „wir von der IT merkten das beim Synchronisieren des

Notebooks mit dem lokalen Netzwerk es immer zu Engpässen kommt.
Und wir davon ausgehen, dass die Urlaubsfoto und Musik Sammlung sicher schon zu groß ist.

Darum sollten die Privaten Daten auf die USB Festplatt gespielt werden.
Die Ja noch den Vorteil hat das man sie am TV anschließen kann".

Es war schon fast eine politische Höchstleistung, ich sagte viel aber nichts Konkretes und kam nie am Tabu Thema an.

Die Idee gefiel und wurde auch wirklich umgesetzt, das Kopieren könnte er selbst erledigen, gab er mir noch als Information mit.

Somit kam ich siegreich in meine Abteilung retour und war ein Tag lang der Held der IT…

Man kann sich vorstellen, dass man oft die Kuriosesten Probleme beim User Support zu hören bekommt. Aber dass ein Anruf es schafft, dass die 4 Leute von der IT ihren Arbeitsplatz verlassen kam nur einmal vor.

Damals meinte ein Aufgebrachter User „er hätte das Internet gelöscht". Diese Aussage schlug ein wie eine Bombe. Ein unbedarfter User hat das geschafft, was Hacker schon Jahre lang versuchten.

Von Neugierde gepackt ruckte die ganze IT Abteilung aus.

Etwas paff wurden wir begrüßt, kommt ja nicht oft vor das man das komplette IT Team antrifft außer vielleicht im Raucherhof oder in der Teeküche.
Man baute sich hinter den User auf und wollte es sehen, das gelöschte Internet. Doch leider stellte sich allzu schnell heraus,
dass der User „nur" das Icon vom Internet Explorer gelöscht hat.

Traurig zog man von dannen nachdem das Icon wieder hergestellt hat. Als running Gang blieb der Vorfall aber länger erhalten...

Ich möchte nun an dieser Stelle mit einigen Mythen dies es rund um die IT Abteilung gibt aufräumen.

Die IT Abteilung kann sowieso alle E-Mails lesen und alles was geschrieben wird.

Ja der Administrator der den Mail Server betreibt könnte alle E-Mails lesen. Wird er aber nie tun, weil erstens es einfach no Goes in der IT gibt. Und zweitens hat man weder die Zeit noch die Muse sich die E-Mails der Belegschaft durchzulesen.
Alles was sie auf Ihren PC machen können wir nicht lesen dafür bräuchten wir dann wieder unsere Wahrsager Kugel und die ist bekanntlich im Service.

Der IT Support möchte sowieso nur, dass man den PC neustartet.

Stimmt weil es oft hilft, warum das so ist?

Wäre eine Frage für die Kristall Kugel...

In der Abteilung hört man oft, das Problem sollte oder jetzt müsste es wieder gehen.

Eines das man schnell in der Branche lernt ist einfach das man nicht versprechen kann, dass alles sofort reibungslos funktioniert. Somit wählt man die Möglichkeitsform um nicht angeprangert zu werden.

Die IT hebt ja nie ab oder es keiner da!

Das stimmt so nicht irgendwo versteckt
sich immer ein IT-ler…

Admin vs. Familie

Wenn man in der IT Branche arbeitet, ist man automatisch für alle Technischen Probleme in der Familie Ansprechpartner Nummer 1.

Und man bekommt wirklich jedes Problem zu geschoben auch wenn es gar nichts mit dem Beruf zu tun.

Man ist automatisch Verantwortlich für sämtliche Smart Phones, TV Geräte, DVD Player, SAT Anlagen und Technischen schnick schnack den man sich kaufen kann.

Der Einwurf das ich System Admin bin zählt nicht und man gibt es schnell auf Überzeugungsarbeit zu leisten.

Selbstverständlich ist es auch die Aufgabe Software Produkte die man noch nie sah deren Nutzen man nicht ansatzweise versteht zum Laufen bekommen.

Und ganz wichtig ist, wenn Facebook nicht geht ist der Administrator der Familie der Mann der es wieder hinbekommt. Der Hinweis dass ich Mark Zuckerberg nicht persönlich kenne und das dem Facebook Support   relativ Banane sein wird, das Farmville auf dem Diskont Tablet nicht läuft, dieser Hinweis wird kalt Lächelnd übergangen.

Oft ertappt man sich, dass man auf die Frage was man wohl arbeitet nur mehr mit „was in der IT" antwortet mit der Hoffnung, dass man nicht hört

„super jemanden der sich mit PCs auskennt braucht man immer"

Aber man lässt sich doch dann immer überreden, tja was tut man nicht alles für einen Kaffee…

Mein Resümee

Der Traum sein Hobby zum Beruf zu machen ist nach 18 Jahren teilweise der Wirklichkeit gewichen.
Vieles könnte effizienter laufen wenn die Rollen in einem Unternehmen besser miteinander auskommen würden.

Projekte reibungsloser laufen, wenn am Beginn weniger heile Welt gesprochen werden würden und mehr Tacheles.

Die IT Branche ist in einem ständigen Wandel, das was heute state of the art ist, ist der Krempel von Morgen.

Und viele IT-ler hinterfragen sich nach einer gewissen Zeit ob sie das wollen.
Das Getrieben werden von oft unnützen Technologien die gut vermarket wurde, aber auch der tägliche Konflikt mit dem Daily Business.

Ich persönlich stelle mir diese Frage oft. Und je älter ich werde umso öfters

frage ich mich. Warum etwas ausführen was nie anhält.
Etwas tun das keine Generationen hinaus bestehen bleiben wird.

Das Warum kann ich Ihnen werte Leserin werte Leser nicht beantworten.
Da ich für mich auch noch keine passende Antwort gefunden habe.

Oft ist eine Mischung aus reinem Funktionieren und was soll man denn Anderes machen.

Was ich aber denke ist das auch wenn man in der IT arbeitet sich hinterfragen soll und
muss ob man sich einfach ausbrennen möchte oder sich neu erfinden möchte.
In diesem Sinne möchte ich dieses Buch mit einer Bitte beenden.

Die da wäre...

...rufen Sie nicht nur in der IT an wenn etwas nicht geht, die Kollegen und

Kolleginnen mit der ungesunden Haut-
farbe freuen sich auch mal

gefragt zu werden wie es ihnen geht...

Danksagung

Ich möchte mich an dieser Seite ganz
herzlich bei meinen Eltern bedanken,
die bei vielen Entscheidungen geholfen
haben.

Und bei meinem Sohn, der auch nach einen langem stressigen Arbeitstag
mir ein Lächeln ins Gesicht zaubert…

Zeitfracht Medien GmbH
Ferdinand-Jühlke-Straße 7
99095 Erfurt, Deutschland
produktsicherheit@kolibri360.de